LE ROI DES MENTEURS

6, rue Montmartre 75001 Paris

PATRICK MOSCONI

Le roi des menteurs

Roman

Je me suis décidé à vous raconter
cette histoire parce que le temps vole
les souvenirs. Et que la nostalgie
n'est pas de mon âge.

Etienne Polié

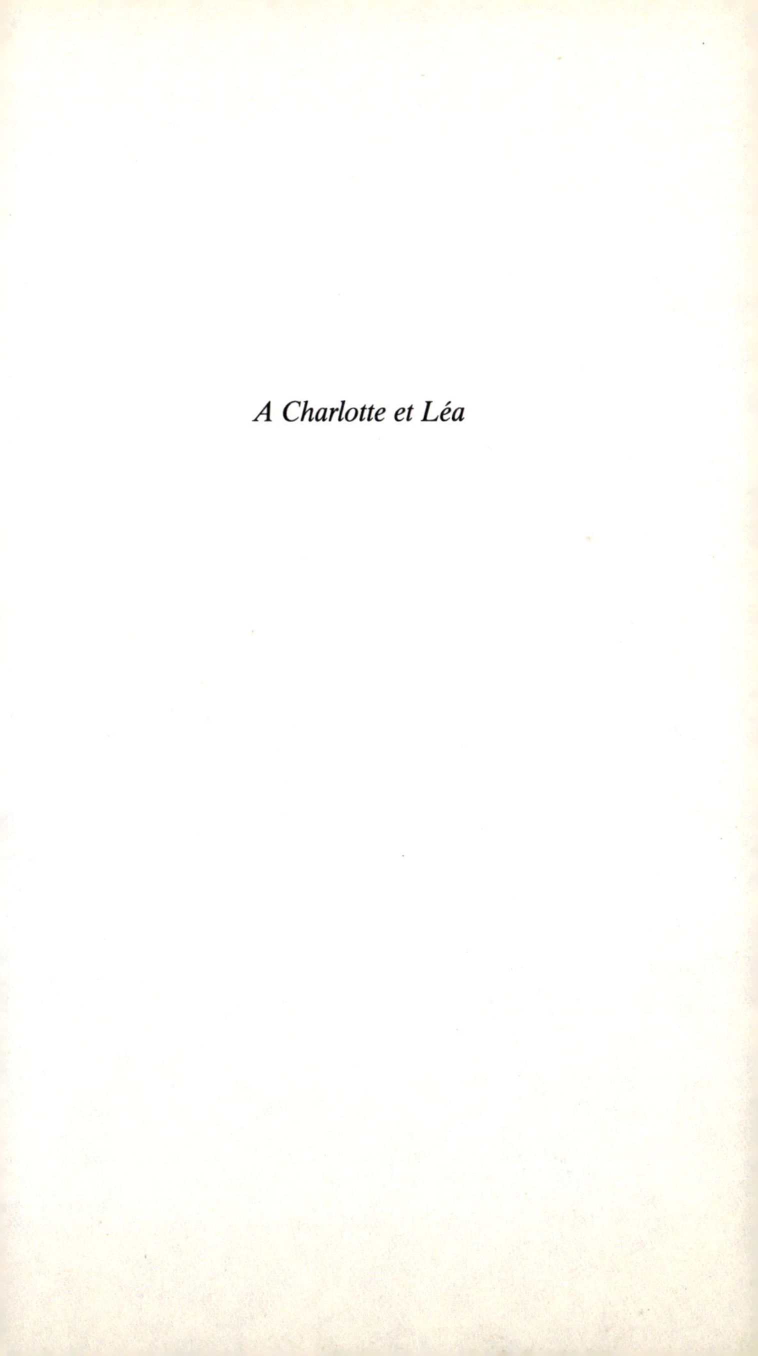

A Charlotte et Léa

1

Assis à l'indienne sur la moquette de ma chambre, je me posais de sérieuses questions sur mon intelligence. Mon QI comme dit papa.

Devant moi, l'ébauche d'un château fort. Et tout autour, une multitude d'éléments en plastique. Des gris et des rouges, en vrac. Dans ma main gauche, un plan aussi limpide qu'un problème de math de terminale : un cauchemar d'abstraction. Au passage, vous pouvez remarquer la richesse de mon vocabulaire... les mots, c'est mon truc. Surtout à l'oral. Bon ! Revenons au casse-tête.

Sur la notice, un imbécile qui ne devait pas connaître les enfants, avait précisé, en trois langues : *pour 7 ans et plus*. Moi, avec mes presque douze printemps (je suis né au mois de mai), j'avais vraiment l'air d'un nul.

– Alors le Corbusier, ça avance ? rigola

papa derrière mon dos.

– Qui c'est celui-là ?

– Un architecte.

– Ben, ce Légo à la noix, c'est peut-être de son niveau, mais pas du mien !

Papa, le sourire aux lèvres, ouvrit le poing et laissa tomber sur la moquette trois éléments gris. Immédiatement, je me sentis un peu moins bête.

– C'est malin... la prochaine fois je pourrai essayer les yeux bandés...

– Je voulais voir si tu y arriverais malgré ce handicap, me dit papa en m'ébouriffant.

– Ben, c'est raté... Mais je m'en fous, je n'ai pas la vocation pour construire des baraques... Je me vois plutôt vétérinaire ou artiste.

De la cuisine, la voix de maman interrompit ce conseil d'orientation improvisé.

– Etienne, il n'y a plus de lait. Dépêche-toi ! Félix Potin va fermer.

Après un rapide coup d'œil sur ma montre de plongée, je répliquai :

– C'est fermé !

Papa, maintenant devant la télé, les informations c'est sacré ! ne se sentait pas concerné par la pénurie de lait. C'était à moi d'assurer, comme d'habitude.

– Va chez Saïd..., me dit maman après quelques secondes de réflexion.

Je protestai pour le principe, histoire de me faire prier et de lui faire évaluer les désagréments de cette sortie nocturne.

– S'il te plaît mon chéri, j'en ai besoin aussi pour la purée de ce soir.

*

Dehors, la nuit s'était installée à son aise, et le froid aussi. Normal pour une soirée de février. Saïd, l'épicier tunisien, tenait boutique dans le bas de Puteaux. Huit cents mètres de descente en pente raide pour l'aller et la même chose, plus la sueur, pour le retour.

Arrivé à mi-chemin, pas loin de chez François, j'ai aperçu un type bizarre. Il était grand, avec sur la tête, enfoncé jusqu'aux yeux, un chapeau en fourrure comme ceux des Russes. J'ai continué sans trop m'inquiéter.

Saïd emmitouflé dans une canadienne beige était en train de boucler son magasin. Je m'en étonnai à haute voix. Habituellement il ne ferme pas avant 22 heures.

– Il y a un match à la télé ce soir ?
– Non, mais cette saloperie de chauffage s'est mis en grève... Un vrai frigo ici.
– Ouais, ça caille !
– Fais fissa fils ! Ma religion m'interdit de me transformer en glaçon.
J'ai pris mon lait et au passage un paquet de chewing-gum au citron. Faut pas abuser de la jeunesse quand même.
Au moment de payer, la stupeur me fit bégayer.
L'homme au chapeau russe faisait les cent pas de l'autre côté de la rue.
– Ça va pas Etienne ?
– Heu, oui...
Je ne savais pas quoi faire. Impossible d'avouer à Saïd que j'avais peur d'un homme qui m'avait à peine regardé. D'ailleurs rien ne prouvait que le Russe m'attendait. C'était ridicule. Si j'en parlais à Saïd, il allait se moquer de moi.
Je respirai un grand coup et lançai un : « Bonsoir Saïd » presque joyeux.
– Etienne ! Ta monnaie.

2

Dehors, je ne sentais plus le froid. La trouille c'est plus efficace qu'un thermolactyl. Du béton dans l'estomac, du mouvement dans les tripes, les lèvres sèches, je passai devant le type. Devant, mais sur le trottoir d'en face. Comme je me trouvais à proximité de l'épicerie, je ne risquais pas grand-chose. Courageux mais pas téméraire.

J'entamai la montée d'un pas nerveux, mais sans précipitation. Fallait ménager la bête, le chemin est long et la pente est rude.

Derrière moi, le silence.

Je risquai un œil par-dessus mon épaule : le type n'avait pas bougé.

Soulagement. Qui se traduisit par un ralentissement sensible de ma puissante foulée. Immédiatement, pour chasser mon arrière-goût de peur, j'imaginai un gros bobard à raconter à mes copains demain.

Je suis le roi des menteurs. Tout le monde le sait, alors cela ne prête pas trop à conséquence. Enfin... pas toujours.

Là, l'histoire était toute trouvée. Quand j'invente, je pars d'un fait réel. C'est pour ça que ça marche. Je procède comme les hommes politiques. Ce n'est pas moi qui le dit, mais mon père...

Bon, là, j'ai été suivi par un type avec un chapeau russe. Sans doute un espion du K.G.B. Il voulait m'enlever pour faire pression sur mon père.

Le mobile ?

Espionnage industriel. Papa travaille dans une grosse boîte d'informatique. Bien présenté, c'est plausible. Bon, maintenant un peu d'action. Le Russe me course et finit par me rattraper. Je me dégage (pour les détails, j'improviserai sur place) et grâce à ma grande connaissance du quartier, je sème l'espion soviétique.

Avec tout ça, j'avais de quoi tenir au moins trois jours !

Ma rêverie était rythmée depuis un bon moment par le martèlement de chaussures ferrées. Un martèlement bien réel : clip-clap, clip-clap.

Je m'arrêtai net. De marcher et de rêver.

Lentement, je me retournai, plein d'appréhension...

A trente, quarante mètres, le Russe se tenait immobile. J'étais pétrifié, incapable du moindre mouvement. L'homme alluma posément une cigarette. Ses moustaches étaient noires et épaisses.

Et la terreur me tomba dessus comme une baffe qu'on ne voit pas arriver.

Alarme.

Je me sentais en danger, en danger de mort. Sans ménager mes forces et mon souffle, je m'attaquai à la pente.

Au début, j'avais l'impression d'avancer sur un tapis roulant. Mais au bout de trois cents mètres, mes poumons refusèrent de coopérer. Pratiquement asphyxié, je fus obligé de m'arrêter. Le Russe en fit autant.

La même distance nous séparait.

Les jambes tremblantes, je repris ma marche, ivre d'angoisse. Mais j'étais incapable de courir. Derrière, le clip-clap métallique sur le trottoir m'accompagnait.

Je progressais lentement, l'autre suivait toujours. Il calquait son rythme sur le mien. Et c'était encore plus terrifiant.

Arrivé aux trois quarts de la montée, je tournai sur la droite, dans la rue Nestor

Makhno, ma rue. J'étais hors de vue de mon poursuivant, enfin pendant trente mètres, si l'autre taré gardait la distance.

J'en profitai pour accentuer mon avance par un sprint d'enfer. Mais, avant d'atteindre ma vitesse de pointe, je butai sur un couple qui sortait d'une porte cochère.

L'homme soutenait une femme qui semblait endormie.

– M'sieur, il y a un sadique qui...

– Fous le camp ! Qu'il me dit entre ses dents.

Son visage exprimait la surprise et la colère. Moi, je ne comprenais pas.

A ce moment, j'entendis le bruit de pas du Russe. Il n'allait pas tarder à tourner au coin de la rue.

– S'il vous plaît m'sieur...

Il regarda dans la direction du bruit et de sa main libre, l'autre maintenait la dame endormie, il me repoussa brutalement.

Ma panique redoubla. Personne ne voulait m'aider.

Le couple avait maintenant disparu, sans doute dans le renfoncement de la porte.

Le Russe n'était qu'à dix mètres, immobile. Menaçant.

Je lui balançai à la figure ma bouteille de

lait. Elle s'écrasa à ses pieds dans un « flop » lamentable.

Il éclata de rire. Ce rire monstrueux me donna la nausée et aussi des ailes.

Demi-tour toute ! Et en quelques secondes j'avalai les deux cents mètres qui me séparaient de ma maison. Heureusement, je n'avais pas fermé le portail à clé. Je me jetai sur la porte d'entrée en frappant dessus comme un malade, en hurlant comme un dément.

Mes parents se précipitèrent...

– Y'a un type qui..., dis-je en pointant mon doigt vers la rue.

Le Russe n'était plus là.

3

Etienne ! Du calme, dit mon père en me secouant par les épaules.

Je faisais des efforts surhumains pour ne pas pleurer. Après quelques secondes de silence nourri de reniflements et de tremblements, je repris un aspect presque paisible.

Maman ne disait rien. Elle me regardait, l'air perplexe, les bras le long de son gros ventre. Papa, après un dernier regard panoramique sur la rue referma la porte et m'entraîna vers le salon.

– Maintenant, explique-toi !

Je leur racontai toute l'histoire. Maman, assise dans un fauteuil, me dévorait de ses grands yeux cernés par la fatigue.

Papa me laissa parler sans m'interrompre. Mais je voyais bien qu'il ne me croyait pas... et cela me rendait triste. Je trouvais ça injuste. Pour une fois que je ne mentais pas...

Pour rendre mon aventure plus crédible, et surtout pour convaincre mes parents, j'inventai des détails dramatiques. A mesure que je les formulais, ils devenaient réels. Par exemple, persuadé que le Russe possédait un pistolet, j'étais certain d'avoir vu sa main gantée le saisir avant que je ne lui balance la bouteille de lait.

Sans un mot de commentaire, papa enfila son manteau, puis me tendit la main :

– Viens Etienne, on y retourne. On verra bien s'il y a un rôdeur.

*

Maintenant, j'avais de nouveau froid. La main rassurante de papa était chaude, mais son pouvoir calorifique limité. Le vent glacial et humide me faisait claquer les dents : les mêmes symptômes que la peur.

Papa alluma une cigarette, il ne fume pas à la maison depuis que maman est enceinte. D'une voix douce, il me demanda :

– Etienne, c'est bien vrai tout ça ?

– Je le jure !

Bien entendu le Russe avait disparu et le magasin de Saïd était fermé : exit la purée. Pour le dîner maman improvisa des pâtes au fromage.

Je passai une bonne nuit, sans cauchemar ni espion. Le lendemain matin, je tenais la grande forme malgré un petit déjeuner sans lactose. J'étais prêt pour ma conférence de presse scolaire.

Pour une fois l'histoire était authentique.

Après avoir annoncé à mes camarades que j'avais une histoire extraordinaire à leur raconter, je m'enfermai dans un mutisme inspiré : « A l'heure du déjeuner, avais-je précisé, pas avant. »

Pressé de questions, je tenais bon. Faut savoir se faire désirer. Tout est dans la manière. A l'étonnement général je suivais les trois cours de la matinée avec l'assiduité d'un premier de la classe. Même les profs furent surpris.

A la cantine, devant mes lentilles-saucisses de Toulouse et un auditoire attentif, je rapportai avec passion et dans le détail mes démêlés avec l'espion russe. A quelques nuances près, je n'avais pas brodé.

– Alors, tu lui as balancé ta bouteille de

lait sur la gueule ? Me demanda François avec un sourire narquois.

– Ouais, en plein dans le mille ! C'est comme ça que j'ai pu me dégager et le semer... Parce qu'il avait un flingue, le porc...

L'assistance, vachement impressionnée, gonflait à vue d'œil. Pour les sceptiques, je proposai d'aller constater sur place les traces de lait, et même de se faire confirmer l'histoire par ma mère. Là, j'enlevai les doutes des plus incrédules.

L'après-midi, vaguement studieuse, se consuma dans une douce euphorie, celle des héros qui l'ont échappé belle.

Devant le bahut, au milieu de l'attroupement habituel des fins de cours, je racontai pour la quatrième fois mes exploits de la veille. La nouvelle avait fait le tour du collège et même les grands de troisième venaient aux renseignements.

J'en étais à l'épisode du « lait qui vole » quand j'aperçus, un peu à l'écart, le Russe, raide dans le vent qui balayait cette partie de la rue. Il semblait attendre quelqu'un.

IL M'ATTENDAIT !

La stupeur me coupa la parole. Mais je n'avais pas peur. Il faisait jour et j'étais entouré par mes camarades. Je ne risquais rien.

– Il est là le Russe, il me cherche...

J'avais parlé avec calme, comme un type habitué à ce genre de situation. Je devenai un professionnel.

François s'approcha :

– Il est où ?

– A côté du Tabac. Le grand avec des moustaches et le chapeau de fourrure.

– Bof, il n'est pas si grand que ça, ironisa François. Hé, James Bond, quelles sont les consignes ?

– Arrête de déconner François, il est dangereux ce mec ! Faudrait peut-être appeler la police...

– Moi, je le trouve plutôt inconscient, me rétorqua François. Venir ici après sa tentative d'enlèvement, il cherche à se faire prendre... Il est malade ton tueur !

Maintenant le Russe fixait notre groupe de ses petits yeux méchants. L'angoisse commençait à revenir au galop.

– On ne va pas y passer la soirée... Il faut contre-attaquer. Je vais lui parler moi à ton espion !

J'étais effaré. François ne m'avait pas habitué à tant de témérité. Et, sans me laisser le temps de me remettre de ma stupéfaction, il traversa l'avenue Chtchouss et se dirigea d'un pas tranquille vers le tueur.

4

François, après avoir esquivé trois, quatre voitures, arriva à la hauteur du Russe. Comme il était de dos, je ne pouvais pas voir l'expression de son visage. Sur celui de l'espion, résolument sinistre, apparut un mauvais sourire carnassier.

Puis il se baissa et embrassa François sur les deux joues.

Dire que j'étais ébahi est un peu faiblard. J'avais l'impression d'être frappé par un camion en pleine vitesse.

Je ne comprenais pas. Largué, j'étais.

François, accompagné du Russe, s'avançait vers nous, toutes dents dehors. Un sourire de pub pour dentifrice.

Je ne m'expliquai pas sa trahison.

Et d'un seul coup, l'évidence me sauta aux yeux.

C'était une blague !

Une horrible farce, avec moi dans le rôle

du dindon. La colère chassa tout autre sentiment et je me jetai sur François. Le Russe m'arrêta avant que mes poings n'atteignent mon copain.

– Doucement Zorro... Sois bon joueur. Tu n'as pas le monopole des plaisanteries !

– Ouais... Mes canulars à moi ne sont jamais sadiques... Et mes parents, hein ! Ils s'inquiètent mes parents...

François, pas à l'aise dans ses baskets qui en l'occurence se trouvaient être des bottes, essayait de dissimuler son embarras en me souriant gentiment. Et un peu bêtement, faut dire. L'assistance, témoin de ma honte, gardait un silence gêné.

– Effectivement, ce n'est pas du meilleur goût, admit le Russe. Ce soir, j'appellerai tes parents pour m'excuser...

La colère commençait à m'abandonner et un fou rire démarrait son processus irréversible. Je luttai en vain quelques secondes, puis me laissai aller à une hilarité vite contagieuse.

Tout le monde riait. Certains ne savaient même pas pourquoi.

Pour se faire pardonner, Pierre, le cousin de François, nous invita à prendre un pot au Tabac.

– Je peux prendre aussi un sandwich ? L'émotion ça creuse !

Et sans lui laisser le temps de me répondre, je commandai un saucisson sec-beurre-cornichon. François suivit mon exemple.

– Quand on monte un spectacle comme celui-là, faut avoir les moyens de nourrir les comédiens, dis-je à Pierre, immédiatement surnommé « le Tsar ». Pierre le Grand, évidemment !

Le Tsar se marrait et François semblait soulagé de l'épilogue de cette aventure. Quant à moi, je voulais des détails :

– Il était prémédité votre coup ?

– Non, pas du tout. Je venais juste d'expliquer à Pierre que tu es mon meilleur copain, mais que tu avais tendance à monter des bateaux d'enfer. Puis de ma fenêtre je t'ai vu descendre dans le bas de Puteaux... Après, Pierre a improvisé...

– Pas mal... Un peu longuet quand même. Les plaisanteries les plus courtes sont...

– C'est de ta faute, me coupa le Tsar. Après ton maladroit lancé de bouteille, tu as filé tellement vite que je n'ai pas eu le temps de t'expliquer...

Ils m'ont raccompagné à la maison. Et devant maman soulagée et amusée, le Tsar a relaté les faits. Et je n'avais pas le beau rôle...

– C'est un peu l'histoire de l'arroseur arrosé, avait-elle conclu. Que ça te serve de leçon...

– Bof, on ne se refait pas, maman. Maintenant je vais devenir plus méfiant...

*

Le soir, affalé sur le canapé du salon, je regardais « Maguy » à la télé. C'est débile, ça me fait rire et ça fait hurler papa. Trois bonnes raisons pour ne pas la manquer. A la fin, au moment de passer sur Banane + pour choper « les Nuls », mon regard accrocha la première page du journal posé sur le fauteuil.

Le visage de la dame endormie de la veille au soir occupait la moitié de l'espace.

Je me jetai sur le journal en oubliant mes informations favorites. Pas de doute, c'était bien elle. Le commentaire du journaliste démontrait avec de longues phrases qu'il ne savait rien. La jeune femme, une fonctionnaire de l'ANPE, avait été retrouvée hier soir, vers 22 heures, près de son domicile à Saint-Denis. *« Rien ne prédisposait cette femme si tranquille et si dévouée à une fin si horrible »,* disait le journaliste avec une inflation de « si » en guise d'adverbe. Avec mon prof de français, il n'aurait pas eu la moyenne, le reporter.

L'assassin et le mobile jouaient les rôles des inconnues dans cette équation macabre.

J'étais tout excité, comme une puce en manque de sang. Je l'avais vu l'assassin, moi !

En me remémorant la scène d'hier soir, le visage de la femme m'apparut avec précision. Et soudain je fus pétrifié d'effroi et de dégoût : elle n'était pas endormie, mais morte.

MORTE !

Je me levai d'un bond et fonçai à la cuisine en criant : « J'ai vu l'assassin ! »

*

Evidemment, ils ne m'avaient pas cru.

Papa, très en colère, m'avait envoyé balader sèchement en disant que le moment était mal venu pour raconter de nouveaux bobards : maman avait besoin de calme, l'accouchement était éminent ou imminent, j'sais plus ! Bref de quoi culpabiliser un plus coriace que moi.

J'avais enfilé mon repas rapidos pour retrouver mon Légo et la solitude des incompris.

Dans la soirée, j'effectuai un déplacement discret vers le salon pour essayer de détendre l'atmosphère et j'ai surpris les parents en pleine discussion :

– Il m'inquiète Etienne avec ses mensonges à répétition. Ça devient vraiment pénible..., disait papa d'une voix pleine de lassitude.

Comme à son habitude maman essayait de minimiser mes bêtises. Sauf que c'en n'était pas une.

– Ecoute Michel, il ne faut pas dramatiser. C'est normal à son âge... Moi, ça ne me déplaît pas cette imagination débordante... Il y a aussi l'accouchement, ce n'est pas forcément évident pour lui d'accepter une petite sœur...

J'opérai une retraite stratégique vers ma chambre. J'étais content d'avoir une petite sœur... Pour la psychologie enfantine, ils avaient encore des progrès à faire.

5

Le lendemain matin, au bahut, la journée avait commencé dans la contrariété.

– Pas de surenchère, Etienne... T'es grillé pour un certain temps, m'avait dit François d'un ton mesuré.

Le verdict était tombé. Dur.

Envolée ma crédibilité. Anéanti mon prestige. J'avais bien essayé de tester mon histoire sur d'autres copains : sans succès.

Il ne me restait plus qu'à oublier le visage de la belle au bois mourant. Je ne me sentais pas de taille à mener seul une enquête pour démasquer l'assassin. Pas question non plus d'aller trouver la police. J'ai toujours détesté les mouchards... à l'école et à la télé. Et ce n'était pas mes révélations qui allaient ressusciter la morte. Alors, à quoi bon ?

Affaire enterrée. Qu'ils se débrouillent sans moi, les adultes !

J'avais passé la matinée à l'écart. Retranché sur moi-même. Pas boudeur, non, simplement distant. Je ne me forçais pas, j'avais simplement besoin d'un peu de tranquillité.

A la cantine, François, un sourire moqueur aux lèvres, avait lancé d'une voix trop forte :

– Allez James Bond, fais pas la gueule !

Posément, j'ai regardé la tablée qui pouffait. Des gloussements ridicules...

Très lentement, j'ai répondu :

– Il vaut mieux changer d'amis que de vérité.

Sur ces belles paroles je me suis levé, très digne. Et, je les ai plantés dans un silence plein de perplexité.

Heureusement, c'était la fin du repas. Les grèves de la faim, je ne suis pas trop pour.

Sans trop réfléchir, j'avais pris la décision de m'éloigner de la bande pendant un certain temps. Comme il n'était pas question de sombrer dans une solitude de paria, j'envisageai de me rapprocher de Sandrine. Sandrine c'est mon amoureuse. Elle a un an de plus que moi. Dans la rue, quand on se promène, j'ai un peu la honte parce qu'elle est plus grande que moi.

Je lui écris des poèmes. En vérité je me contente d'adapter ceux des autres : « Les Fleurs du mal » et « Illuminations » pour l'essentiel. La grande classe ! Ça l'impressionne vachement. Pour le reste, je l'embrasse sur la bouche et elle veut bien se laisser caresser la poitrine. Mais j'espère encore faire des progrès en anatomie.

En rentrant à la maison, sans faire de détours pour une fois, je fus étonné de trouver papa dans le salon. Ce n'était pas dans ses habitudes. Il tournait en rond comme un chat en manque de Ronron. Il semblait assez perturbé. Une cigarette non allumée dansait le rock entre ses dents.

– Où est maman ?

– Dans sa chambre, dit-il en m'embrassant sur le front. Cet après-midi elle a eu de fortes contractions... Je crois que c'est pour ce soir. Je t'attendais avant de l'amener à la clinique.

Maman, allongée en robe de chambre sur le lit, deux gros oreillers glissés sous la tête, était très calme. Malgré de grandes cernes, son visage paraissait reposé. Beau.

Je ne pus m'empêcher de penser aux femmes indiennes qui accouchaient debout et seules. Une autre époque !

Ce soir j'allais rester en tête-à-tête avec la télé. Maman me fit mille recommandations pour le repas, l'eau, le gaz et l'électricité. Sans oublier le verrouillage des portes...

*

Ils étaient partis. De l'émotion au pas de la porte. Papa ne savait pas à quelle heure il rentrerait. Tout dépendrait de Mathilde, ma petite sœur. C'est moi qui avais choisi le prénom. Sans doute voulaient-ils m'associer d'une manière concrète à cette naissance : la jalousie de l'aîné ? Françoise Dolto avait encore frappé !

Après avoir réchauffé le dîner, préparé par maman, je me suis installé devant la télé avec mon plateau-repas. J'avais choisi un film vaguement déconseillé aux enfants : « Les visiteurs du soir ». La soirée s'annonçait bonne.

Vers 21 h 30 la sonnerie du téléphone couvrit la voix du diable qui faisait le clown dans le poste. Je décrochai :

– Allo...

– Etienne.

– Oui.
– Ça se passe bien ?
– Impec ! Et maman ?
– C'est pour cette nuit... Bon, il est tard, va te coucher maintenant. Demain il y a école...
– D'accord. Bonsoir papa.
– Bonsoir, mon chéri.

Je fis un rapide crochet par la cuisine pour prendre un verre de lait et m'en retournai suivre l'histoire du diable et de ses deux diablotins.

Vingt minutes plus tard, le téléphone recommença son cirque. Sans doute papa qui vérifiait si je m'étais bien couché.

Je laissai la sonnerie s'exprimer quelques secondes pour faire croire que je venais de ma chambre, située à l'étage. Puis je décrochai :

– Allo ! J'écoute.

A l'autre bout du fil, le silence. Ou plus précisément une respiration. Puis le « clip » caractéristique d'un combiné que l'on raccroche.

Sur le moment, je n'ai pas réagi. Les coups de téléphone anonymes sont monnaie courante. Ça énerve assez maman... Mais l'image de la morte s'est subitement superposée à celle de l'actrice du film. Et j'ai eu peur. Une grosse angoisse. Finalement j'ai réussi à me ressaisir et à chasser ces mauvais démons. De nouveau, je me suis laissé entraîner par le film.

A la fin les deux héros sont transformés en statue. Mais le diable l'a mauvaise car le cœur des amoureux bat encore. Preuve qu'ils s'aimeront jusqu'à la fin des temps.

Un très beau film. Dommage qu'il soit en noir et blanc.

Après un rapide brossage de dents, j'ai retrouvé mon lit avec plaisir.

6

J'étais fatigué. Mais impossible de trouver le sommeil.

Je n'avais pas peur. Ce n'était pas la première fois que mes parents me laissaient seul le soir. Fallait bien qu'ils s'amusent aussi...

J'aurais trouvé humiliant, à mon âge, de me faire garder par une baby-sitter. C'est moi qui leur avais proposé, le jour de mon dixième anniversaire, histoire de les déculpabiliser. Depuis, ils ne se privaient pas...

Ma montre indiquait onze heures.

Dans ma tête, un curieux mélange. Entre le rêve éveillé et la lucidité. Une sorte de somnolence vigile. Mes impressions et mes réflexions allaient du film à ma petite sœur. Les deux n'étaient pas bien réels mais ils avaient la force de l'évidence. Comme une certitude qu'aucune preuve ne vient confirmer, mais qui est flagrante... Hou ! Là, là !

Je m'égare dans l'abstraction. Et comme le dit monsieur Belach, mon prof de français : « Etienne, tu as du vocabulaire, certes, mais tes propos sont assez confus. »

Le bruit d'une clé qui farfouille dans une serrure me fit dresser l'oreille.

« C'est papa qui rentre. Mathilde est née ! »

J'avais parlé à haute voix, comme l'idiot du village. La joie ça rend bête.

Pourtant, un petit détail clochait : je n'avais pas entendu la voiture de papa.

Plein d'appréhension, je me levai. Sans allumer la lumière, j'allai me poster devant la fenêtre, protégé par le rideau que je repoussai légèrement.

La nuit était sale, presque noire.

Une forme s'activait devant la porte.

CE N'ÉTAIT PAS PAPA !

J'arrivai à distinguer, dans la main gauche de l'homme, un trousseau composé d'innombrables clés de diverses tailles.

Et la peur, une vieille copine maintenant, s'installa sans autorisation dans ma tête et dans mes tripes.

Paralysé, j'étais.

Mon cerveau fonctionnait à toute allure, mais dans le désordre. Après quelques secondes de flottements, j'avais analysé la situation à sa juste valeur : désespérée.

Le type qui essayait de forcer la porte n'était pas un petit voleur de poules, mais l'assassin. Et il me cherchait. Moi, le témoin oculaire. Pour m'éliminer : une affreuse certitude.

Demander de l'aide par téléphone était trop aléatoire. L'assassin risquait d'ouvrir la porte d'un moment à l'autre et il pouvait me tuer avant l'arrivée des secours. En supposant que la police me croit...

Non, je ne devais compter que sur moi-même. Fuir et improviser. Dans la maison j'étais acculé comme au fond d'un tunnel. Sans faire de bruit et en accéléré, j'enfilai jogging, baskets et anorak. Paré pour l'évasion.

Je suis descendu au salon et me suis caché derrière un fauteuil. Il était temps... Le type venait d'ouvrir la porte d'entrée.

Mon cœur s'arrêta de battre quelques instants.

Une éternité.

Une lampe torche allumée à la main, il monta directement à l'étage, vers ma chambre. Il devait guetter dans la rue depuis le départ de mes parents, ce chien galeux !

Sans attendre qu'il ne découvre mon lit vide, j'ai foncé dans la rue. Direction le commissariat.

En passant le portail, je me suis retourné. La lumière éclairait ma chambre et le rideau était complètement tiré.

L'assassin me regardait.

Ma peur et ma vitesse s'en trouvèrent multipliées.

*

En sortant, j'ai pris sur la droite la rue Roma. Le commissariat était encore loin, plus d'un kilomètre. En jetant de rapides coups d'œil en arrière, je me rendis compte que l'assassin ne me suivait pas.

Soulagé, je ralentissais mon allure et commençais à me poser des questions sur la nécessité d'aller trouver la police. Ils n'allaient pas me croire... Mais ils se sentiraient obligés de me raccompagner et d'attendre papa.

Tout en surveillant mes arrières, je progressais d'un pas tranquille.

Et devant, DEVANT MOI, se découpa la

silhouette de l'assassin.

Il m'avait pris à revers. Quel imbécile je faisais.

Il me coupait la route du commissariat.

Et d'un seul coup, j'ai paniqué. Je me suis mis à hurler en tambourinant sur la première porte venue. L'assassin a fait un pas de côté pour se dissimuler dans l'ombre. Invisible.

J'avais beau gueuler et frapper, l'immeuble restait sombre et silencieux. Pourtant une lumière éclaira un deuxième étage, trois ou quatre numéros plus loin. Je m'y précipitai.

Une fenêtre s'ouvrit et un chauve montra sa calvitie.

– C'est quoi ce ramdam ? On veut dormir, nous !

– M'sieur, y'a un assassin qui me poursuit, dis-je en criant.

Mon doigt montrait la rue maintenant déserte. Le chauve se pencha légèrement en avant.

– Allez, pas d'histoire. Fous le camp et arrête ce tapage ou j'appelle la police !

– Mais oui, appelez la police... mais je vous en supplie, ouvrez-moi la porte !

Il referma la fenêtre et la façade de l'immeuble fut de nouveau sombre. Après quelques secondes d'insupportable attente, j'avais compris qu'il n'ouvrirait pas.

L'assassin aussi, il se rapprochait lentement en rasant les murs.

J'ai crié : « Salauds » à tous les locataires et j'ai couru droit devant moi.

Pour m'en sortir, j'y croyais de moins en moins, je devais entraîner l'assassin dans un endroit où je pouvais le semer.

Le chantier.

A quatre cents mètres sur la gauche, derrière le terrain vague, se trouvait un immeuble en construction. C'était ma dernière chance.

7

L'immeuble en construction avait arrêté sa croissance au troisième étage. A l'abandon depuis le mois de décembre, sans doute à cause des pluies et du froid, ce chantier était notre terrain de jeu favori. Malgré l'interdiction formelle du promoteur et des parents réunis.

J'avais un plan. Celui de Jean-Paul Belmondo dans « L'homme de Rio ».

Je grimpai quatre à quatre les marches qui mènent au troisième étage. En fait d'étage, ce ne sont que des poutrelles entourées de vides. Je pris celle de gauche car je savais qu'elle aboutissait à une sorte de promontoire où étaient entreposés des sacs de ciment et de sable.

J'avançai à quatre pattes car le vertige me procurait une terreur presqu'aussi forte que l'assassin. Enfin, j'arrivai à bon port après avoir dépensé un maximum de sueur et d'adrénaline.

Les sacs étaient toujours à leurs places. Mon plan d'intoxication pouvait commencer.

Je fis rouler un sac jusqu'au bord. J'ai bien cru ne jamais y arriver. C'est lourd le sable.

Et je lançai un long cri en le poussant dans le vide. Assez réaliste, le bruitage !

J'étais censé être mort, écrasé dans le béton armé. Merci Jean-Paul ! Il ne suffit pas d'avoir de l'imagination, la mémoire peut quelques fois servir.

J'étais content de moi. Mon plan avait l'air d'avoir réussi. J'ai aperçu au loin une silhouette se dissoudre dans la nuit.

Pour plus de sécurité, j'ai attendu vingt minutes sur mon perchoir. La descente se passa dans l'angoisse et la terreur. Du vertige à l'état brut. Sans la pression de l'assassin qui, à l'aller, ne me laissait pas la possibilité de m'abandonner à ma phobie, j'étais paralysé. Chacune les siennes... François, c'est les rats. Il ne peut même pas les voir en dessin, c'est vous dire !

J'avais enfin retrouvé la terre ferme. Les larmes sont venues toutes seules. Je me suis laissé aller.

Le froid et le sommeil étaient de retour.

C'est drôle comme la peur peut annuler tout autre sentiment. C'est ça la relativité.

Les jambes lourdes, la tête vide, le corps transi, je n'avais pas le courage de faire le moindre geste. Et pourtant je devais rentrer à la maison. J'avais envie de mon lit, de mes parents et aussi de ma petite sœur.

Quand elle sera grande, je lui raconterai ce qui m'est arrivé le soir de sa naissance. Elle me croira elle.

A cinq, je me lève : un, deux, trois, quatre, quatre et demi, quatre trois quarts. CINQ :

Bonjour les courbatures !

Les premiers pas furent douloureux, après j'ai oublié. Marche ou crève, de froid. En dépassant la bétonneuse j'ai pensé au film, aux deux amoureux transformés en statue. Ça m'a donné du courage.

Près de la cabane à outils, j'ai entendu une chatte miauler comme un bébé qui pleure.

Soudain une main s'est posée sur mon épaule et l'a serrée fortement. J'ai failli mourir de peur.

– Alors, t'avais un parachute ?

J'ai trouvé sa réflexion assez déplacée.

J'étais si fatigué...

8

Maintenant on va s'expliquer, grogna le tueur d'une voix enrouée.

– Lâchez-moi, je veux rentrer chez moi !

J'avais hurlé ma phrase en essayant de me dégager. Mais l'autre me tenait fermement.

– Tais-toi, ou j't'arrache la langue, dit l'homme entre ses dents.

Puis il me retourna brusquement tout en me maintenant par les épaules. Son visage était contracté, et malgré la pénombre ses yeux clignaient comme sous un projecteur.

J'étais perdu, trop fatigué pour lutter. Comme épuisé de l'âme.

– LÂCHEZ CET ENFANT.

La voix rauque, venue de nulle part répéta : « Lâchez cet enfant. »

Je sentais les mains du tueur trembler sur mes épaules. Puis plus rien.

Il s'était évanoui dans la nuit.

L'homme à la voix rauque s'approcha. C'était un gitan. Je me suis jeté dans ses bras et j'ai pleuré comme un bébé. Après les sanglots, le calme.

Il m'a pris par la main et on a marché. Il n'était pas tellement bavard. C'était mieux ainsi.

En contrebas du terrain vague, mais de l'autre côté, se tenait un emplacement réservé aux nomades. Une zone interdite par les parents. C'est là que nous allions.

Trois immenses caravanes disposées en « U » diffusaient un halo de lumière. Des couche-tard ces bohémiens... A l'écart deux somptueuses voitures américaines qui devaient rendre jaloux plus d'un.

Après l'image, le son. D'un côté une télé hurlait et de l'autre s'échappait une musique espagnole. Nous pénétrâmes dans la caravane silencieuse.

Allongée sur un lit, une fille, un peu plus jeune que moi, lisait une bande dessinée.

– Pélina, ma sœur. Moi, c'est Frinka.

Pélina posa son livre et me scruta pendant quelques secondes, le visage fermé. Puis un immense sourire transforma sa physionomie.

– Et toi ? me dit-elle.

– Etienne. Je m'appelle Etienne Polié.
– Comme dans la chanson.
– Ouais, comme dans la chanson !

Et on a éclaté de rire. Il n'y avait vraiment pas de quoi, mais c'était irrésistible.

Sans doute les effets de l'accumulation. Les visiteurs du soir. Ma petite sœur. Mon évasion. La poursuite. La tentative d'assassinat. Ma libération. Et en plus, le coup de foudre.

C'était certain, j'étais amoureux de Pélina.

– Bon, qu'est-ce qu'on fait maintenant ? J'te raccompagne chez toi ? dit Frinka en se versant du café.

– Pas chez moi, à la police.

La consternation. Visible sur leurs visages et sensible dans le silence.

– Mais c'est un assassin, ce type !

Frinka réfléchissait, les yeux fixés sur un petit cigare qu'il finit par allumer. Il recracha une fumée épaisse et odorante par la bouche.

– Ça sent mauvais, dit Pélina en entrouvrant une petite lucarne.

Frinka se leva en baillant et balança le cigare par la fenêtre. Puis il s'installa face à moi :

– Tu sais... la police... Bon ! Tu nous la racontes ton histoire... On verra bien après...

Vingt minutes plus tard, ils en savaient autant que moi.

*

Visiblement ils aimaient les histoires. Vraies ou fausses, d'ailleurs. Pélina avait réagi comme si elle vivait mon cauchemar au fur et à mesure que je le racontais. A chaque stade de l'action son visage exprimait l'émotion appropriée. Faut dire que je suis un bon conteur !

– Vous me croyez ? avais-je demandé, timidement.

Leur « oui » m'allèrent droit au cœur.

– Il ne t'a pas brutalisé ? dit Frinka en portant à sa bouche un nouveau cigare qu'il n'alluma pas.

– Il n'a pas eu le temps, vous êtes arrivés avant.

– Peut-être... S'il l'avait vraiment voulu...

Je ne comprenais pas où il voulait en venir. Il poursuivit :

– Ecoute-moi bien, Etienne. Je ne veux pas aller trouver la police pour deux raisons. La première est une question de principe. De tradition même... Chez nous, les Rom [1], on ne fait jamais appel à la police ou à la gendarmerie pour régler nos problèmes. Jamais. La seconde raison est... disons plus humaine... plus morale... Apparemment tout accuse cet homme... Et cette apparence peut devenir réalité si l'administration s'en mêle... On ne sait pas... Ce n'est pas à nous de provoquer ça...

– Mais ce n'est pas une apparence. Il a voulu me tuer quand même !

– Attends Etienne, laisse-moi terminer... Que savons-nous de cet homme, hein ? Rien. Ce n'est peut-être pas lui l'assassin... Et à un accident, tu y as pensé à un accident ?

– Mais il me poursuivait, vous l'avez bien vu !

– Ecoute Etienne... Pas question de te faire prendre le moindre risque. Mais d'abord, il faut voir clair dans cette histoire. Je ne tiens pas à bousiller la vie d'un homme. Tu comprends ?

1 Les Tziganes se composent de trois groupes : Rom, Manouche et Kalé.

– Heu... Oui.

– Maintenant, on inverse les rôles, annonça Frinka d'un air joyeux.

– Je ne comprends plus.

– Jusqu'à présent, tu étais le gibier et lui le chasseur. Et bien, à partir de demain matin, c'est nous qui partons à sa recherche...

– C'est samedi et j'ai école.

– Pour une fois, tes professeurs se passeront de toi... Je te raccompagne. J'attendrai dans la rue jusqu'au retour de ton père.

– Et si l'assassin est caché chez moi ?

– Je fouillerai la maison. Allez, on y va.

– Je viens avec vous.

*

On a pris l'américaine, la rouge et noire. Avec un tableau de bord aussi grand que celui d'un avion. Impressionnant. Je me trouvais à l'arrière, à côté de Pélina. Quand elle a pris ma main, mon cœur a failli exploser.

Pour ne pas éveiller les soupçons, Frinka a stoppé la voiture à deux cents mètres de la maison.

Malgré un bain chaud, j'ai eu un mal fou à m'endormir.

Je n'ai pas entendu papa rentrer.

9

Vers huit heures, papa me réveilla en tirant les rideaux. Efficace.

– Allez mon grand, debout !

– Alors ? dis-je en m'étirant.

Sa joie était visible malgré un visage maquillé par la fatigue.

– Trois kilos et deux cents grammes. Avec la voix d'une chanteuse de rock... Et complètement chauve... Elle est adorable.

– Et maman ?

– Elle se porte comme un charme ! On ira les voir cet après-midi. Maintenant dépêche-toi, tu vas être en retard.

Il prépara le petit-déjeuner pendant que je m'habillais.

– Je vais me reposer un petit peu, je n'ai pas dormi de la nuit...

– A midi, je mangerais chez François, ça t'éviteras de jouer à la cuisinière...

– Ton écharpe ! Etienne... On se retrouve à la maison à quatre heures. Bonne journée fiston.

*

J'avais rendez-vous avec Pélina et Frinka à l'autre extrémité de la rue Makhno. J'étais dans les temps. Ma brève nuit avait effacé ma fatigue. En pleine forme, j'étais. Et heureux en plus.

Une 504 beige s'arrêta à ma hauteur, la porte s'ouvrit. Je n'eus pas le temps d'avoir peur.

– Allez, monte.

– Il y a de la chute dans le standing ! dis-je en m'installant à côté du conducteur.

A l'arrière Pélina rigolait. Frinka s'expliqua :

– Pour la discrétion, la Cadillac, ce n'est pas l'idéal.

– Ouais, mais question confort... Et bonjour la classe !

– Quels frimeurs ces *gadjé* ! se moqua Pélina.

– C'est quoi un *gadjé* ?

– C'est le pluriel de *gadjo,* me répondit-elle.

– Et *gadjo* ?

– C'est toi ! Un garçon pas Tzigane. Pour les filles, on dit *gadji.*

Je notai ces nouveaux mots dans un coin de ma mémoire. Avec l'espoir d'augmenter mon vocabulaire tzigane. Puis je demandai le programme de la journée.

– D'abord, mets ce chapeau... On va se garer en face de la porte d'où tu les as vu sortir. Il finira bien par mettre le nez dehors. On est samedi aujourd'hui, en principe il ne travaille pas.

– Et s'il n'y habite pas ?

– On avisera... Mais ne t'inquiète pas, j'assure ta protection.

*

J'avais soif et envie de faire pipi. Le principe des vases communicants. Deux heures qu'on se pelait de froid dans ce frigo à quatre roues. De temps en temps, Frinka faisait tourner le moteur pour réchauffer l'atmosphère. Je leur fis part de mes deux besoins pressants.

Pélina trouva immédiatement la solution :

– Je vais aller acheter une bouteille d'orangina et tu en profiteras pour humidifier le mur... Tu vois, il y a un petit renfoncement à gauche... T'as de la chance d'être un garçon.

Soudain...

– Le voilà !

Il avait l'air moins terrifiant en plein jour. Ma soif et mon envie de pisser s'envolèrent... Encore un coup de la relativité.

Le tueur, sur le trottoir d'en face, passa devant la voiture et pénétra vingt mètres plus loin dans le Félix Potin.

– Il va faire ses courses, dis-je, étonné.

– Faut bien qu'il mange, répliqua Pélina avec bon sens. Le crime, ça creuse !

– A moi de jouer, je vais repérer l'étage. Vous ne bougez pas de la voiture... A tout de suite les enfants.

*

On l'avait vu repasser, les deux bras chargés de conserves et autres bouteilles. Je m'étais recroquevillé sur mon siège, la figure dissimulée derrière le chapeau. La peur était revenue me dire un petit bonjour. Le retour de Frinka la chassa.

– Troisième étage, porte gauche.

– Bravo ! Comment avez-vous trouvé ?

Avant de répondre, Frinka alluma un de ses affreux cigares.

– Facile. J'avais repéré le nom d'une femme qui habitait au dernier étage. Et j'ai attendu dans le hall d'entrée en faisant semblant de chercher. Quand il est arrivé, je lui ai demandé où logeait la dame en question... Ce qui m'a permis de faire le chemin avec lui sans éveiller ses soupçons.

– Astucieux.

– Il est intelligent mon frère !

– Bon, on y va... Pélina, tu nous attends dans la voiture.

– Laissez-moi venir avec vous...

– Pas question.

*

Malgré la main rassurante de Frinka, l'angoisse et toutes ses traductions physiologiques réapparurent : lèvres sèches, mains moites et mal au ventre.

– Attendez, je vais faire pleurer le

monstre !

J'avais choisi un mur hors de vue de Pélina. Pudique, l'Etienne ! Après, je me sentais mieux. Seulement un peu le trac, comme avant un exposé de français. Frinka, lui, semblait très calme. Décontracté. Devant la porte du tueur, il me dit :

– Tu me laisses faire.

Il sonna. La porte s'ouvrit sur une dame qui tenait un bébé dans les bras.

– Bonjour madame, monsieur Nacray s'il vous plait.

– Attendez...

Les peintures du vestibule étaient bouffées par l'humidité. Des caisses en carton encombraient cet espace réduit. Atténués par une porte, on entendait les pleurs d'un enfant.

J'avais envie de fuir toute cette misère.

10

Le tueur nous avait regardé d'un air résigné. Presque soulagé. Sans un mot, il nous avait entraîné dans une pièce où étaient entreposés des caisses et des meubles entassés les uns sur les autres. Il dégagea trois chaises de ce fatras et nous pria de nous asseoir.

Mon assassin ne ressemblait pas un assassin.

Un silence de gêne s'installa. Frinka le rompit. Restait la gêne.

– Etienne vous a vu. Et maintenant, moi aussi je sais. Ça fait deux témoins... Si vous essayez de toucher à un cheveu de cet enfant, vous êtes un homme mort. Compris ? Pour le reste, ce n'est pas notre affaire.

Le tueur s'était décomposé.

– Mais... je n'ai jamais eu l'intention de... le tuer, cet enfant... je voulais seulement lui expliquer qu'il...

Puis, il éclata en sanglots.

Il semblait sincère, c'était insupportable. Je n'avais jamais vu d'adulte pleurer.

– J'ai trois enfants, dit-il en reniflant, comment pouviez-vous imaginer que j'allais...

– Vous l'avez tuée, la dame ?

J'avais posé la question pour changer de sujet. Il me regarda avec des yeux tristes et cernés, et doucement répondit : « Oui, je l'ai tuée. »

J'étais déçu. J'espérais un démenti.

– Pourquoi ?

– Un accident...

– Ce ne sont pas nos histoires, intervint Frinka, je ne veux rien savoir.

– S'il vous plait, j'ai besoin de parler...

Frinka alluma un cigare et d'un signe de la tête l'autorisa à s'expliquer.

– Cette femme était un vampire... Elle se faisait de l'argent sur la détresse des autres... Elle avait monté une combine rentable pour placer des chômeurs dans les entreprises...

– C'était son métier, elle travaillait à l'A.N.P.E., dis-je en me souvenant de l'article dans le journal.

– Pas exactement... Elle utilisait sa situation à l'A.N.P.E. pour son trafic... Elle proposait à certains, contre trois mille francs, de leur trouver avec certitude un emploi. Comme elle avait accès aux offres avant tout le monde, elle sélectionnait les meilleures... Elle choisissait les chômeurs les plus désespérés, les chefs de famille en fin de droits... Une véritable ordure !

– Ce n'était pas une raison pour la tuer, dit Frinka, il y a d'autres moyens...

– Vous vous trompez, je ne voulais pas jouer au justicier... Je suis chaudronnier, au chômage depuis six mois, nous habitions à Saint-Denis... Elle m'a trouvé un boulot ici, contre trois mille francs... L'usine a fermé au bout d'un mois. Une véritable arnaque. Alors j'ai voulu récupérer ma mise... en menaçant de tout raconter à l'Inspection du travail. Elle est venue et elle a essayé de m'embobiner avec des promesses et des menaces... Je l'ai giflée, elle est mal tombée... C'est un accident...

– Votre femme a assisté à la scène ? demanda Frinka.

– Non, elle était à Saint-Denis avec les enfants. On vient juste d'emménager... Vous me croyez...

Spontanément, j'avais répondu oui.

Frinka fut plus nuancé :

– Je ne suis ni un juge, ni un policier. C'est un problème entre vous et votre conscience... Bonne chance monsieur. Sincèrement.

11

En sortant j'avais faim. Ça tombait bien, les autres aussi. On a déjeuné dans un restaurant du bois de Boulogne : la gueule des serveurs !

– Au fait, Frinka, qu'est-ce que tu faisais dans le chantier la nuit dernière ?

Maintenant on se tutoyait. Enfin... surtout moi. Parce que lui, il l'avait toujours fait.

Un sourire malin étira sa moustache.

– Disons que... je me promenais au clair de lune... ou peut-être que je cherchais de vieux outils à l'abandon... et si c'était la force du destin ? Sait-on jamais ? A toi de choisir...

– Dites, on se reverra ?

– Bien sûr, tu sais où on habite. Et même si un jour on reprend la route... On sera toujours là, dans ton cœur.

*

Papa s'était endormi sur son journal, les nuits blanches ce n'est plus de son âge. J'ai donné la parole à un disque pris au hasard pour le réveiller en douceur. J'ai dû monter la tonalité, sinon on y serait encore.

– Bonne journée, mon grand ?

– Excellente.

Il bailla, se gratta le menton et se leva.

– Tiens, au fait... La dame que tu prétends avoir reconnue...

– Oui.

– Ce n'était pas un ange... Elle était à la tête d'un trafic de...

– Oui, je sais. Je connais même les tarifs : trois mille balles ! Bon, on y va.

J'avais hâte de retrouver ma petite sœur.

Moi, je l'appellerai *Gadji*.

FIN

CAHIER
DE DESSINS

LE ROI DES MENTEURS VU PAR JEAN-PAUL HÉBRARD

Assis à l'indienne sur la moquette de ma chambre, je me posais de sérieuses questions sur mon intelligence. Mon QI comme dit papa.

Devant moi, l'ébauche d'un château-fort. Et tout autour, une multitude d'éléments en plastique. Des gris et des rouges, en vrac. Dans ma main gauche, un plan aussi limpide qu'un problème de

Dans la rue déserte, froide, humide...

SAÏD

L'homme attendait, sinistre.

Etienne avait vu la mort...

... et personne pour le croire !

L'assassin était en train de forcer la porte.

Des mains qui rôdent…

Pélina, douce comme un chat sauvage...

Ils attendent l'assassin.

L'assassin était bien malheureux.

Maman à l'hosto, papa fatigué,
Mathilde est née... Vive la vie !

Achevé d'imprimer en septembre 1988
sur les presses de l'imprimerie Lienhart
à Aubenas d'Ardèche.
Dépôt légal 3e trimestre 1988
Maquette de Gérard Lo Monaco.

N° d'édition : 399